PLAIDOYÉ

HEROY-COMIQVE

POVR

L'EMINENCE,

CONTRE LE CREVX.

M. DC. XLIX.

PLAIDOYE' HEROY-COMIQVE
pour l'Eminence, contre le Creux.

SI lorſque mon amoureux ſort
Te fit mon Iuge & ma Partie,
Sans vouloir defendre ma vie
l'attendis l'Arreſt de ma mort.

   Qu'aurois-je à craindre en cette Cour,
Mon beau Iuge, où ie me repoſe
Sur la Iuſtice de ma cauſe
Qu'on void claire comme le iour.

   Ie ſçay que le bon droi&t t'eſt cher,
Que ton Ame eſt incorruptible!
Et qu'eſtant pour tous inſenſible
Aucun ne te ſçauroit toûcher.

   Mais garde ta compaſſion
Pour couronner ma patience,
Ie n'implore que ta prudence
Dans cette celebre action.

   Quand pour embellir l'Vniuers
Dieu fiſt le Creux de l'Eminence,
Ces deux Iumeaux dés leur enfance
Formerent cent combats diuers.

   Le monde fuit de tous coſtez
Le Theatre de cette guerre,
Et les Cieux, la Mer & la Terre
Marquent leurs animoſitez.

A coups de Rocs les plus hauts Monts
Foudroyent les baſſes Campagnes,
Les vallons pouſſent aux montagnes
Leurs puantes Exhalaiſons.

Ces bruyantes montagnes d'eaux
Menacent les Creux de leurs Ondes,
Mais ces ouuertures profondes
Leur ſeruent apres de Tombeaux.

L'Enfer meſme au meſpris des Dieux
Pouſſe des vœux illegitimes,
Et du plus creux des abyſmes
Veut s'eſleuer contre les Cieux.

Ces Riuaux d'amour & d'honneur
T'ont voulu monſtrer leur courage,
Et ſignaler ton beau viſage
Par des marques de leur valeur.

Toutefois dans leur paſſion
Ils gardent vn peu de prudence,
Faiſant d'vn combat à outrance
Vne douce Emulation.

Tes ſourcils qui font les hautains
Seruent pourtant de couuertures
A ces charmantes ouuertures,
D'où partent tant de traits ſoudains.

Tes yeux diuinement fendus,
A peine veulent aux prunelles
Ceder l'honneur, quoy que ſans elles
Ils ſeroient des Creux ſuperflus;

D'vn meſme orgueil ces petits trous

Placez

Placez au milieu de la ioüe,
Voyant qu'en eux l'amour se ioüe,
S'estiment les plus beaux de tous.

Et quand ie voy dans mes transports
Cette serise diuisée,
Aussi s'est mon ame abusée,
Croit que le plus beau soit dehors.

Mais lorsque par ta bouche amour
Nous fait entendre ses Oracles,
Et nous découure les miracles
Qui sont en ce diuin séjour.

Alors mes esprits s'égarans
De peur d'en perdre quelque chose
La voudroient tenir demy-close
Sans estre dehors, ny dedans.

Ie puis bien en toy deuiner
Quelque autre Creux, quelque Eminence:
Mais le respect fait mon silence,
I'ayme mieux me l'imaginer.

Aussi bien c'est assez long-temps
Tarder la iuste impatience
Que pourroit auoir l'Eminence
D'estaller ses raisonnemens.

Hé quoy! ne te souuient-il plus,
Dit elle au Creux, qu'à ma naissance
L'on me donna la préseance,
Et que i'eus tousiours le dessus.

C'est bien à toy Monsieur le Creux,
Toy qui gis sous les Marescages

Pendant qu'au trauers des nuages
Ie vay m'asseoir entre les Dieux.

L'on te reduit à rien n'auoir
Quand aucun ne te veut bien faire,
Et vraye matiere premiere
Tu n'es propre qu'à receuoir.

Moy, ie suis de noble Instrument,
La forme informant toutes choses,
Et quoy que l'auoüer tu n'oses
Ie suis ton accomplissement.

L'on m'honore de tous costez,
Ie suis au dessus des puyssances,
Et l'on sçait que les Eminences
Sont égales aux Majestez.

La gloire esleue des Autels
A ceux que la vertu rehausse :
Mais on loge au Creux d'vne fosse,
Et les Morts, & les Criminels.

Les Reliefs sont en plus haut poinct
Que les graueures enfoncées,
Et les peintures auancées,
Que celles qui ne sortent point.
Quand vn cerueau capricieux
Veut blasmer d'vn autre l'ouurage,
Il dit, qu'il est plat, mais l'outrage
Seroit plus grand s'il disoit Creux.

Pour le confondre entierement
Ie reuiens à toy mon beau Iuge,
Toy qu'il a pris pour son refuge,

Difant qu'il te fert, mais si ment.

Et s'il ne failloit qu'auiourd'huy
Pour te rendre à mon droict propice
Que fe monftrer propre au feruice
Ie le ferois bien mieux que luy.

Mais pour acheuer mes moyens,
Ie dis que fi l'on te void belle
Et des plus fages le modelle
C'eft de mon chef que tu le tiens.

Du haut donjon de ta vertu
Tu braues les efforts des vices,
Et l'horreur de ces precipices
N'a iamais ton cœur abbatu.

C'eft de ton front le noble orgueil
Qui tient les plus fiers dans la crainte.
Et des cœurs l'amoureufe atteinte
Vient des traits perçans de ton œil.

Et ce nez tout feul comme vn Roy
Affis dans fon Throfne d'yuoire,
De fon efleuement fait gloire
Tenant fes Ennemis fous foy.

Ta bouche n'auroit point d'attraits
Si ta lévre eftoit trop collée;
Et ta ioüe eftant aualée
Ton vifage auroit de beaux traits.

Ton fein ne fait le glorieux
Que pour fes deux belles Collines,
Crois-tu qu'entre ces deux voifines
Il feroit beau de voir vn Creux?

Et ce neceſſaire deſſautem,
Qui d'amour eſt la recompence
Porte auec ſoy ſon Eminence,
Et fait gloire de loger haut.

Prenant donc mes concluſions
Ie ne veux point que l'on ruine
Ma partie, quoy que mutine
Par de grandes punitions.

Ie me contente qu'il ſoit dit
Que le Creux me cede la place,
Et qu'à quelque heure que ſe paſſe
Il r'entre humblemens dans ſon nid.

Et que iamais ſon Aduocat
N'ait la bourſe, & la pance pleine ;
C'eſt ce qu'il luy faut pour ſa peine,
D'aymer tant le Creux & le plat.

Pour moy, ie ſeray trop heureux,
Ma Philis, ſi par tes Oracles
I'obtiens que malgré tant d'obſtacles
L'Eminence gaigne le Creux.

Pour le Creux, contre l'Eminence.

ENfin vous eſtes mon Arbitre,
Sage Lieutenant de Themis :
Et les Iuges mes ennemis
Vous ont abandonné ce tiltre.

Quoy que l'Eminence reſponde,
Et mon creux la fortune rit,
Puis qu'il a pour Iugé vn Eſprit
Dont la ſcience eſt ſi profonde.

Grace

Grace au Ciel vne seule femme
Ne fait plus le destin des Creux
Et la haine qu'elle a pour eux
Ne met plus la peur dans mon ame.

Les Tribunaux sont des refuges
Où l'on n'est iamais refusé,
Et l'accusant est l'accusé
Ont le mesme accez chez leurs Iuges.

Malgré ces maximes, la Belle
Que pour Arbitre on me donnoit
Contre le Creux entretenoit
Son auersion naturelle.

De plenitude elle est auide,
Et par vn singulier hazard
En elle plus qu'en autre part
La Nature abhorre le vuide.

Ne tire point à conjecture
Ce que i'ay dit en ce moment
Et ne prends pas pour argument
L'aueuglement de la Nature.

Tircis la Raison se propose
De laisser vn mauuais party,
N'en attens pas le dementy
Et quitte vne cause sans cause.

En vain tu me parle de folles
Ce moyen est impertinent
Châque sepulchre est eminent
Et tous les Tombeaux sont des bosses.

Tu parle des profonds abysmes,

Et d'vn Enfer ſedicieux,
Admire, admire que ce creux
Sert Dieu quand il punit les crimes.

Quand contre le Ciel il s'eſleue
Des Geans qui ſont les Demons,
N'eſt-ce pas auec des Monts
Que telle reuolte s'acheue.

Regarde ces liquides Plages,
Regarde ces mouuans cercueils
L'Eminence y fait les eſcueils,
Et les eſcueils ſont les naufrages.

Penſe Tircis & conſidere
L'homme en toutes ſes actions;
La plus-part de ſes fonctions
C'eſt par des Creux qu'il les opere.

Dans cette noble Creature
Horſmis le ſeul attouchement,
Pour organe, & pour inſtrument
Châque ſens a ſon ouuerture,

Pour ſeruir ſon intelligence
La bouche & l'eſtomach ſont creux,
La parole paſſe par eux
Qui nous produit la connoiſſance.

L'Eminence offre ſes ſeruices
A tout ce que l'on doit blaſmer,
Et ie l'oſeray bien nommer
La ſeruante de tous les vices.

La ſuperbe qui des Apoſtres
Fit meſme des ambitieux,

Dreſſer les ſourcils vers les Cieux,
Et s'eſleue au deſſus des autres.
   L'auarice à qui la Campagne
N'eſt pas vn ſuffiſant threſor
De diamans, d'argent & d'Or,
Fait vne orgueilleuſe montagne.
   Ce Peché qui fait les tempeſtes
Enfle nos faces de courroux:
Cét Antre qui pareſt ſi doux
Entaſſe les corps deſ-honneſtes.
   Autheurs ſacrez, Autheurs prophanes
Vous ſçauez que les Enuieux
Logent dans les Eminens lieux,
Et laiſſent le Creux des cabanes.
   Ce Creux que tout le monde eſtime,
Quoy qu'il ſoit par trop combatu
Sert l'innocence & la vertu,
Et n'eſt point l'Eſclaue du crime.
   La Iuſtice qui nous diſpence
Les loyers & les chaſtimens
Peſe tous nos deportemens
Dedans le Creux de la Balance.
   La miſericorde fait grace,
Et ce recours des mal-heureux
Ouure les bras, & fait vn Creux
Pour receuoir ceux qu'il embraſſe.
   La liberalité qui guide
Nos ames au Temple d'honneur
Prend pour vn ſignalé bon-heur

De pouuoir rendre sa main vuide.

Vous voyez donc Iuge équitable,
Vous voyez Arbitre puyſſant
Que le Creux eſt tres-innocent,
Et l'Eminence tres-coupable.

Auſſi l'inſtrument des vengeances,
Ce glaiue d'vn Dieu furieux,
Le Tonnerre eſpargne les Creux,
Et tombe ſur les Eminences.

Ie puis, repaſſant ſous les luſtres,
Qui compoſent l'Antiquité
Par mainte belle authorité
Rendre mes raiſons plus illuſtres.

Lors que Dieu noyant les Campagnes,
Noë ſe garantit de l'eau,
Ce fut dans le Creux d'vn Vaiſſeau,
Non ſur la Cyme des montaignes.

La docte Sybile Cumée
D'vn Eſprit prophetique & pur,
Diſcouroit jadis du futur
Dans le Creux d'vn Antre enfermée.

Que Democrite eſtoit habile!
Lors qu'eſpris de la verité
Dans ce Creux de Puits tant vanté,
Il en cherchoit le Domicile.

Mais c'en eſt trop, l'impatience
Que i'ay d'entendre mon Arreſt
Fait que ma langueur me déplaiſt,
Et que ie m'impoſe ſilence.

D'vn

D'vn seul point mõ Creux vous coniure
I'ay mis dans quatorze grands vers
Quelques autres moyens diuers,
Grand Iuge agréez leur lecture.

Aux Dames Arbitres.

SONNET.

QVelle fureur, Tircis, auiourd'huy te domi-
I'ay mis dans quatorze grands vers   (ne,
Quelques autres moyens diuers,
Grand Iuge agréez leur lecture.

Tu ne sçay pas peut-estre, & ie me l'imagine
Que la langue sans Creux ne peut rien reueler,
Leue les yeux au Ciel, & m'ayde à contempler
Qu'vne voûte la haut est la maison diuine.

Preste l'oreille aux luths, aux autres instruments,
C'est vn Creux qui sert d'ame à leurs accords
　　　charmans.
Mais c'est trop contester, Iuges de nos querelles.

Prononcez hardiment contre ce malheureux;
C'est pour vous que ie parle, & vous sçauez mes
　　　Belles　　　　　　　　　　　　　　(Creux.
Que l'on ne void en vous rien de si beau qu'vn

Arrest de la Cour des Dames, sur le differend de
l'Eminence du Creux.

SONNET.

SVr les differens meus entre deux Aduocats,
L'vn plaidant pour le Creux, l'autre pour l'E-
　　minence ;
Et l'vn voulant sur l'autre auoir le premier pas,

　　　　　　　　　　　　　　D

Et par droit de merite, & par droit de naïssance.
  Apres auoir pezé meurement leurs debats,
Et bien confidré de quelle confequence
Seroit l'emotion de ces deux Potentats,
Qui du Roy des Amans font toute la puiffance
  La Cour faifant droit deffus tout ce qui s'eft dit,
Pour augmenter par tout leur race & leur credit,
Ordonne que l'Amour deformais les affemble:
  Et tous deux fans defpens, les renuoyant abfouz,
Par vn nœud conjugal, qui les vniffe enfemble,
Veut qu'il foit pour iamais & la femme & l'époux.

Contract de mariage entre Monfieur de l'Eminence
& Madame du Creux.

FVrent prefens en leurs perfonnes
  Le Dimanche au retour de Nonne
Dedans vne maifon d'honneur
Tres-haut & puiffant Seigneur
Meffire Almont de l'Eminence,
Cheualier de grande apparance,
Et Dame Hecatombe du Creux,
Princeffe des lieux tenebreux
Pour contracter le Mariage
Que l'Amour par vn Arreft fage
Ordonna fur leurs differens
En prefence de leurs parens;
Qui pour honorer l'affiftance
S'vnirent en belle ordonnance.
L'Eminence de fon cofté
Auoit moult honnefte parenté,

Sçauoir, le Baron des colines
Et des Montgnes appennines,
Les Alpes & mille coupeaux,
Les Monts les Tertes, lés Costtéaux,
Les Piramides, les Colosses
Les Tumeurs, Enfleures & Bosses
Les Pignons, les Tours, les Clochers
Et mille sourcilleux Rochers
   Du Parantage de la Dame
S'vnirent en corps & en ame
Le Duc des Abysmes profonds,
Le souuerain des bas vallons,
Les Sieurs des Antres, des Cauernes
Des Muids, des Caues, des Lanternes,
Le Courtois Marquis du Fossé,
Le Seigneur du Val enfoncé,
Le Creuset, le Trou, la Fossette
Auec le Coffre & la Cassette.
Tous lesquels Amys & Parans
Se sont presedtez pour garands
Des Conuentions Maritales
Qui porte que dans ses Ouales
La Dame du Creux logera
Son Espoux & le vestira,
Et rendra iour & nuict en somme
Ce que la femme doit à l'homme.
Comme aussi le futur Espoux
Luy sera gracieux & doux,
Ne lairra point sa bourse vuide,
Et de quoy qu'elle soit auide,
En ses besoins la fournira
Et sans delay la remplira ;
Luy donnant de plus en doüaire
Pour l'honneur dont il la reuere,
Et pour marque de son amour

Son Chasteau nommé De la Tour,
Et les plus hautes dépendances
Auecque leurs appartenances,
Tant sur les nuages des Monts
Que les Giroüettes des Bignons,
Comme aussi sur le son des Cloches
Qu'elle prendra de proche en proche;
Et pour ses bagues & ioyaux,
Des Glaçons durcis en Cristaux,
Et ces gouttes d'Eaux emperlées
Que le grand froid a congelées
Sur le panchant des plus hauts Toicts
Pour orner son Col & ses doigts.
Qu'estans conjoints en Mariage
Ils seront vns en leur mesnage,
Et communs encor en tous biens
Acquis par leurs communs moyens.
    Item, que de cette alliance
Les Enfans qui prendront naissance
Au suruiuant de nul des deux,
Soit de l'Eminence ou du Creux,
Ne pourront demander partage
Suiuant la Coustume & l'vsage;
Car ainsi fut-il ordonné
Par les Parens qui ont signé.
Fait & passé dans vne Chambre
Le vingt-septiéme Decembre

FIN.